A **R**ookie reader® español

Un perro para cada día

Escrito por Lynea Bowdish
Ilustrado por Karen Stormer Brooks

Children's Press®
Una División de Scholastic Inc.
Nueva York • Toronto • Londres • Auckland • Sydney
Ciudad de México • Nueva Delhi • Hong Kong
Danbury, Connecticut

Para Chipper, con amor, de Lynea, David y Princess

Para Connor y Holly
—K.S.B.

Especialistas de la lectura

Linda Cornwell
Especialista en alfabetización

Katharine A. Kane
Especialista en educación
(Jubilada de la Oficina de Educación del Condado de San Diego,
California, y de la Universidad Estatal de San Diego)

Información de Publicación de la Biblioteca del Congreso de los EE.UU.

Bowdish, Lynea.
  [A Dog for each day. Spanish]
  Un perro para cada día / escrito por Lynea Bowdish ; ilustrado por
Karen Stormer Brooks.
      p. cm. — (Rookie español)
Resumen: Describe los siete perros de Berta Montesinos, uno para cada
día de la semana.
  ISBN 0-516-25888-5 (lib. bdg.)   0-516-24615-1 (pbk.)
  [1. Perros—Ficción. 2. Mascotas—Ficción. 3. Cuentos en rima.] I. Brooks, Karen
Stormer, il. II. Título. III. Series.
  PZ73.B6479 2003

                          2003000011

4

Siete perros tiene Berta Montesinos.

"Siete son demasiados,"
se quejan sus vecinos.

Pero Berta Montesinos
advierte que con ella se
quedarán los siete.

9

Con los siete siempre tendría
¡un perro para cada día!

El perro del lunes
siempre le ladra al minino.

14

El perro del martes le
lleva a Berta el sombrero
azul marino.

**El perro del miércoles
recoge el correo con alegría.**

El perro del jueves
hace con su cola una brisa fría.

El perro del viernes
calienta los pies de Berta
todo el día.

Al perro del sábado le gusta
entonar una melodía.

El perro del domingo
despierta a Berta a las nueve.

Y la ayudan entre los siete ¡a llegar a la iglesia cuando debe!

Y si solos se sintieran,
Berta segura está...

29

de que encontrarían sitio,
¡para al menos siete más!

31

Lista de palabras (78 palabras)

a	del	ladra	para	sitio
advierte	demasiados	las	pero	solos
al	despierta	le	perro	sombrero
alegría	día	llegar	perros	son
ayudan	domingo	lleva	pies	su
azul	el	los	que	sus
Berta	ella	lunes	quedarán	tendría
brisa	encontrarían	marino	quejan	tiene
cada	entonar	martes	recoge	todo
calienta	está	más	sábado	un
cola	fría	melodía	se	una
con	gusta	menos	segura	vecinos
correo	hace	miércoles	sintieran	viernes
cuando	iglesia	minino	si	y
de	jueves	Montesinos	siempre	
debe	la	nueve	siete	

Sobre la autora

Lynea Bowdish ha sido lo bastante afortunada como para conocer y querer a muchos perros. Ella y su esposo, David Roberts, viven en Hollywood, Maryland, con Princess, cuya raza predominante es beagle. Con ellos también vive un pez de colores grande y un comedor de algas.

Si le fuera posible, Lynea tendría un perro para cada día del año, pero Princess y David piensan que 365 perros son demasiados. Tal vez tengan razón.

Sobre la ilustradora

Karen Stormer Brooks vive y trabaja en Atlanta, Georgia, con su esposo, Scott, quien también es ilustrador. Tienen dos niños, Connor y Holly, que quisieran tener un perro. También tienen dos gatos a quienes, en cambio, no les gusta la idea.